GAYANT

ET

SES FÊTES.

Duacum,
Dives, armipotens et claro cive refertum.
(Philippide de Guillaume-le-Breton ,
chapelain de Philippe-Auguste , *an* 1213).

ADAM D'AUBERS , IMPRIMEUR A DOUAI.

—1845.—

GAYANT

ET

SES FÊTES.

Duacum ,
Dives , armipotens et claro cive refertum.
(Philippide de Guillaume-le-Breton),
chapelain de Philippe-Auguste. *An 1213.*

ADAM D'AUBERS, IMPRIMEUR A DOUAI.

GAYANT

ET

SES FÊTES.

Épitre à Jules B......

Duacum
Dives, armipotens et claro cive refertum.

Eh quoi ! ! vas-tu me dire, encor des vers, encor ! ! !...
— Oui, mon ami, des vers, et peut-être j'ai tort ;
Mais c'est plus qu'un plaisir, pour moi c'est une rage,
Et des rimes par goût j'ai fait toujours usage.
Rappelle-toi ces jours de joie et de bonheur
Où ma verve aussi jeune alors qu'était mon cœur,
Au gré de mes plaisirs, en dirigeant ma plume,
Enfantait des couplets qui feraient un volume.

Oh ! ce temps , diras-tu , ce temps n'est plus. — D'accord.
Je parle d'un passé depuis long-temps bien mort ;
Mais le doux souvenir , n'est-ce donc pas la vie
Et le bonheur de l'homme ami de poésie ?
C'est le mien , tu le sais ; oui , mon plus grand plaisir
Quand avec toi surtout je viens m'entretenir.
Aussi , comme toujours , tu liras cette épître
Où je traite un sujet que te nomme le titre ;
Et pour t'en rendre enfin l'attrait plus séduisant ,
Dans mes vers , mon ami , je parle du présent.

Des enfants de Gayant je célèbre la fète....
Gayant ! oh ! je te vois , ici ton œil s'arrête ,
Et ta voix dit : Gayant ! ! que veut dire ce nom ?
Est-ce un être idéal ? — Je ne dis oui ni non.

De la Flandre en ses chants ainsi parle un poète :
En ce puissant pays la terre est toujours prête
A largement répondre aux vœux du laboureur.
Abondance de tout... Riche proie au pêcheur....
Et les fossés profonds qui ceinturent ses villes ,
S'il n'est pas secondé par les guerres civiles ,
A l'assiégeant armé qui veut y pénétrer ,
Otent l'espoir de vaincre et d'y jamais entrer.
Telle elle était jadis , telle est cette contrée ,
Qui , depuis six cents ans , n'est pas dégénérée.
Oh ! oui ; c'est bien toujours cet habitant du nord ,
A la taille élevée , au bras robuste et fort ,
Aux mœurs douces , mais brave et froid par caractère ;
C'est toujours de ses traits la beauté régulière ;

Et surtout à Douai ; selon le même auteur ,
La ville à la richesse , aux arts , à la valeur.

Il est beau de la voir , quand dans chaque famille
Le cœur s'épanouit , la grande gaîté brille ,
Alors que du beffroi le solennel bourdon
Ou les sons argentins du joyeux carillon ,
A la foule en ce jour pressée , impatiente ,
Disent l'heure toujours à leurs désirs trop lente ,
Ou de la fête enfin résonne le signal ;
Il n'est pas de bonheur à leur bonheur égal.
Sur les places , chez soi , partout dans chaque rue ,
On attend de Gayant la présence et la vue :
Et lorsqu'il apparaît immense mannequin ,
Le corps fait en osier , la tête en carton peint ,
Dont la taille dépasse au moins huit fois un mètre ,
Quand le peuple avec lui soudain voit apparaître
Et sa géante femme et ses trois grands enfants ,
Il semble , il semble alors être aux jours triomphants ,
Où l'heureux bulletin d'une grande victoire
Enflammait tous les cœurs de bonheur et de gloire.
On se presse , on se pousse , on ne va pas , on court ;
Ici... vive Gayant !! là... le bruit du tambour.
C'est un frémissement néphrétique..., un délire...
Vive Gayant !! la mère à l'enfant le fait dire ,
La jeunesse le chante , et le vieillard , heureux
De le revoir encor , verse des pleurs joyeux.

Ah ! ne crois pas qu'ici ma plume complaisante ,
A plaisir l'arrangeant à tes pensers présente

De ces élans joyeux un ampoulé narré ;
Loin de prendre en mes vers un ton exagéré ,
J'accuserais plutôt ma verve de faiblesse
En traçant dans le vrai leur bruyante allégresse ;
Car cet entraînement , qui sait les animer ,
Je l'aime , je le sens et ne puis l'exprimer.

Si tu voyais surtout avec quelle puissance
De leur air de Gayant la rhythmique cadence
Exalte leur ivresse et fait bondir le cœur ! !
Gayant ! ! c'est pour Douai son héros , son sauveur ;
Du peuple et des enfants c'est le culte et l'idole ;
Pour tous il est de gloire et d'honneur un symbole.
La fête de Gayant remonte à Charles-Quint ,
Et sur son origine écoutons Buzelin :

Gaspard de Coligny , qui guerroyait en Flandre ,
Avançant sur Douai , tenta de la surprendre
A l'heure où fatigués de bière et de liqueur ,
Et d'un profond sommeil savourant la douceur ,
Les habitants comptaient sur la garde qui veille.
De la fête des Rois c'était , dit-on , la veille.
Or , Maurand , de Douai ce bienheureux patron ,
A cette heure de nuit était en oraison.
Comme un berger actif , dont le regard fidèle
Sur son troupeau chéri se promène avec zèle ,
Tremblant pour la cité dont il est le pasteur ,
Il accourt à l'endroit où dormait le sonneur ,
Et par trois fois lui dit : « Il faut sonner matine. »
Tout dort dans le couvent, et le sonneur s'obstine

A ne pas obéir... Mais il se lève enfin
Et sonne , au lieu du *branle* , un effrayant tocsin.
Ce bruit inattendu met la ville en alarmes ;
Le peuple se réveille , aux remparts court en armes ,
Et là trouve Maurand qui , de tête et de corps ,
De la ville en héros défendait les abords.
Douai dut son salut à sa sainte entremise ,
Et pour le rappeler voulut que dans l'église
Un souvenir pieux honorât Saint-Maurand ,
Dont l'ardeur fut si belle et le pouvoir si grand.
Loin de moi le penser de t'en narrer l'histoire ;
Plus de procession (1), et même s'il faut croire
Le récit de l'auteur du Compère Mathieu ,
Dans le beau ridicule elle donnait un peu.

J'aime mieux , et par là je saurai plus te plaire ,
Te dire sur Gayant la croyance vulgaire.

Jadis un chevalier et seigneur de Cantin
Avait sauvé Douai du joug du sarrazin.
Il avait tout en lui , valeur chevaleresque ,
Et force herculéenne et taille gigantesque ;

(1) Buzelin place l'institution de la procession en 1556 ; une pièce authentique existant dans les archives de Douai la fait remonter à 1480, et je suis cette date. Cette procession était instituée depuis 50 ans, quand Charles-Quint y fit adjoindre les figures colossales de Gayant et de sa famille. Elle étala , dit l'auteur du Compère Mathieu , tant de ridicule , elle eût un effet si funeste sur les mœurs , que l'évêque d'Arras la défendit en 1699 , et la supprima en 1770 ; rétablie en 1775 , elle fut de nouveau supprimée en 1792. La procession n'a plus lieu, mais le grand-père Gayant se promène toujours.

Le nom de ce héros était Géhan Jélon.
De Gayant dans ce mot je croirais voir le nom.
Géhan ! Gayant !! le temps, qui change tout, peut-être
N'aurait fait en Géhan que changer une lettre ,
Et dès lors , selon moi , ce Gayant colossal
Cesserait pour beaucoup d'être un être idéal.
Enfin , quoi qu'il en soit , c'est à Charles cinquième ,
Le roi de ce pays et né flamand lui-même ,
A qui la Flandre doit ces mannequins géants
Dont l'aspect plaît au peuple et charme ses enfants.
Depuis trois cent-quinze ans que cette fête existe
(Car en quinze cent-trente il faut prendre la liste) ,
Au peuple de la ville apparaît tous les ans
Le couple colossal et ses trois grands enfants.
Durant les trois grands jours que marche le cortège ,
La foule de ses cris le poursuit et l'assiège.
Car Gayant , ce héros de la fête du jour ,
Est pour eux un objet de respect et d'amour.
Ce qui paraît encor fort amuser la foule
Est un bon paysan , qui tient en main sa poule ,
Et puis un militaire , un grave procureur ,
Une fille de joie , enfin un collecteur.
La fortune sur eux domine en souveraine ;
La déesse est debout sur le char qui les traîne ,
Et semble les conduire au gré de son désir.
Le sens allégorique est facile à saisir.
La roue , en avançant sur un plancher mobile ,
Imprime aux mannequins une pente facile ,
Et chacun d'eux en ronde et se donnant la main ,
Tantôt haut , tantôt bas , mesure le chemin.

Fortune, oh ! n'est-ce pas prouver ton inconstance !
Ou si nous remontons à ces temps où la France
Et les pays soumis par conquête à sa loi
Subissaient le désordre ou le faste d'un roi,
Où le schisme en l'église et les longues querelles,
Et l'orgueil des puissants et les guerres cruelles
Accablaient chaque jour les pauvres paysans
D'impôts toujours nouveaux, de subsides pesants,
En ces temps reculés n'est-ce pas la patrie
Peinte avec vérité dans cette allégorie !!..
Alors l'homme à la guerre allait bon gré, mal gré ;
L'homme du peuple alors dépouillé, pressuré,
Pour un aimé de cœur, pour une concubine,
En justice étalait ses maux et sa ruine,
Et tombait trop souvent aux mains d'un procureur,
Qui desséchait sa bourse et comblait son malheur.

D'un soldat espagnol la grotesque figure,
Au milieu de ce groupe en ronde aussi figure.
La Flandre était encore sous le joug castillan ;
Mais l'espoir de le rompre à sa valeur brillant,
De son heureux pouvoir en fesant la satyre
A ce peuple orgueilleux sa force semblait dire :
« La fortune à tes lois nous enchaîne en ce jour,
« Mais peut-être demain nous aurons notre tour. »

Pour ne rien oublier il faut citer encore
Un sot de canoniers, espèce de centaure,
De paillasse-arlequin en costume complet,
Et la marotte en main monté sur un baudet.

Quel est son rôle ? ami , nul n'a su me le dire.
Son seul emploi , je crois , est là de faire rire ;
Mais selon moi , l'espèce , et la mise , et le nom
Visent au ridicule encor plus qu'au bouffon.

Des divertissements l'attrait ailleurs m'appelle.
Et j'en veux dans ce chant faire un récit fidèle.

Les habitants du Nord sont amis du plaisir
Et manquent rarement l'heure de le saisir.
Aux fêtes de village et qu'on nomme kermesse ,
Avec avidité la foule court , se presse ,
Et vraiment il est doux à l'œil observateur
De voir cette jeunesse à la joie , au bonheur ,
Avec entraînement se livrer sans contrainte ;
Car leur gaîté jamais n'est une gaîté feinte.
On voit dans leur parler , dans leurs élans joyeux
Que , danseuse et danseur , l'un de l'autre est heureux.
Peut-on en dire autant des plaisirs de la ville ?...
Non... le cœur est moins vif, la joie est plus tranquille.
Au lieu d'être une fête , un joyeux agrément ,
Un bal dans le grand monde est un luxe charmant.
Pour moi , d'un bal bourgeois la coquette élégance ,
J'ose ici l'avouer , aurait ma préférence ,
Si je voyais un jour au beau Jardin-Royal ,
Se défaisant enfin d'un caprice fatal,
Les nombreuses beautés que son ombrage abrite
Ecouter plus souvent l'archet qui les invite...
Belle jeunesse , allons. Toujours comme aujourd'hui
Livrez-vous au plaisir qui vous appelle à lui.—

Du chant harmonieux , de la bonne musique ,
Douai , mon bon ami , c'est la terre classique.
En ces arts je la crois la première du Nord.
Je te dirais des noms qui , prenant leur essor
Au sortir des leçons de son Académie ,
Ont au Conservatoire échauffé leur génie ;
Et plus d'un dans la lutte, au grand concours d'honneur ,
De la première palme a ceint son front vainqueur.
Aussi , comme en ce jour , quand l'ordonne une fête ,
Un concert annoncé donne salle complète.
Mondutaigny , Roger , Grard , Offenbac , Haumann ,
Ces princes de la voix , ces rois de l'instrument ,
Au rendez-vous donné fidèles à se rendre ,
Sont des élus heureux que Douai fait entendre...
Or , pour accompagner des maîtres de ce choix ,
Il faut être soi-même un maître aussi , je crois.
Les nommerai-je ? Ami , qu'on me loue ou me blâme ,
J'aime à dire toujours ce que ressent mon âme ;
Ce langage , souvent on l'appelle flatteur ! !...
Et moi je répondrai : C'est un plaisir du cœur
Alors qu'en leur donnant des éloges sincères ,
Ma voix te citera Luce , Heisser , Nourry frères ,
Lefranc , Choulet , Helbecque , et madame Sangouard ,
Professeur-lauréat , la première en son art.

Mais au milieu des jeux , qui dans cette semaine ,
Durent cinq jours entiers la foule aussi m'entraîne ;
Et dussé-je , mon cher , de ta part mériter
Le surnom que tu sais... je vais les raconter.
Je serai bref et clair surtout , s'il m'est possible.
Sur la place Barlet j'assiste au jeu de cible ,

Et jugeant par les coups l'adresse d'un tireur,
J'ai deviné déjà qui sera le vainqueur.
Un jeu plus attrayant et pourtant moins facile,
Pour lequel divers prix sont offerts par la ville,
Est celui qu'au programme on lit tir à l'oiseau.
Sur une perche au moins de vingt mètres de haut
Je vois trois gros oiseaux servant de point de mire,
Et les archers nombreux, qui se sont fait inscrire,
En bon ordre et rangés par pelotons de dix
Viennent, l'un suivant l'autre, y disputer le prix.
« Oh! disais-je, c'est bien. Sûr de l'œil qui le guide
» L'homme ajuste d'aplomb... et la flèche rapide,
» De l'arc abandonnant soudain le nerf tendu,
» Atteint heureusement ou rase près le but. »
—« Venez, me dit quelqu'un, voir le jeu de fléchette,
» Celui d'arc au berceau, le tir à l'arbalète...»
Et toujours me parlant il entraîne mes pas
Sur les places Jemmape, Amé, Saint-Nicolas.
Ah! disais-je tout bas, curiosité coûte;
Et malheureux flâneur, pour tout le jour sans doute
Me voilà pris... Je suis aux mains d'un de ces gens
Intrépides bavards, ennuyeux complaisants,
Courant, suant sans cesse, actifs à ne rien faire,
Pour qui le repos même est une grande affaire,
Un de ces gens que Phèdre attaquait de son temps
Et qu'Horace fouettait de ses vers irritans...

Bientôt heureusement j'ai connu ma méprise,
Et de mon beau parleur la politesse exquise.

—Vous voyez , me dit-il , combien de concurrents
Se disputent les prix à ces jeux différents...
—Oui ; j'admire surtout leur habileté rare.—
—Oh ! c'est qu'un bon tireur de son savoir se pare
Et si jamais plaisir alimente son goût ,
C'est celui du fusil , de la flèche surtout.
Aussi quand des concours sont offerts par des fêtes ,
Ils ont tous , arme , balle et flèche toujours prêtes.
Fort souvent on les voit , heureux triomphateurs ,
De plus d'un premier prix revenir les vainqueurs.
—Et cette arme en leur main est un titre de gloire
Répliquai-je à mon tour , car j'ai lu dans l'histoire
Qu'ils étaient tous archers , tous arbalétriers ,
Ces citoyens-soldats , ces illustres guerriers ,
Qui tombèrent six cents l'arme au poing sans se rendre
Aux champs de Mons-en-Pewle en défendant la Flandre.
—Leur âme fut si grande et leur trépas si beau ,
Que leurs noms glorieux survivent au tombeau. —

A ces mots mon causeur subitement me quitte ,
Et moi , flâneur content , je poursuis ma visite.
Mais pour que mon récit ne devienne trop long ,
De quelque amusement je ne dis que le nom.
C'est d'un cirque français les bruyants exercices ,
Sur un tréteau monté , d'un mime les malices ,
Du gai chanteur Bertrand les mots toujours malins ,
Des voltiges sur corde , enfin des tabarins.
Oh ! j'oubliais les jeux de billon et de quilles...
N'allez pas croire aussi , charmantes jeunes filles ,

Que j'omette en mes vers votre jeu des ciseaux.
J'admire votre adresse et vos heureux assauts.
Bravo, bravi, trois fois bravo, gente brunette,
Enlevez ce fichu, prix de votre conquette....
A vous, blondette, à vous ce châle si charmant
Et ce bonnet orné d'un si joli ruban.
Oh! comme cette robe irait à votre taille!!..
A toutes bonne chance et tranquille bataille.
Mais que vois-je? ou plutôt que crois-je apercevoir?
Oh! mon pauvre Jeannet, tu pleures blanc et noir,
Aussi pourquoi n'es-tu meilleur équilibriste;
Il faut céder le pas au concurrent Baptiste,
Et crois-moi... viens tenter la fortune sur l'eau.
Ici le jeu de bague offre un joyeux assaut...
Ou mieux encor, nageur savant, pars et pourchasse
Ces canards qu'on te livre et qu'une heureuse chasse,
En retour du succès de ton hardi vouloir,
Apporte sur ta table un bon repas ce soir.
Adieu.—Le jeu de balle en ce moment m'appelle,
Et j'y cours...—les voilà ces joueurs pleins de zèle.
Ils sont cinq contre cinq et de corps et de cœur
Disputent pied à pied et la place et l'honneur.
Voyez comme la balle a bondi dans l'espace;
Ah!!.. comme adroitement un autre aussi la chasse!!
A qui sont réservés ces tymballes, ces prix?
La fin nous le dira. Tantôt pris et repris
Le terrain, que poursuit l'une ou l'autre commune,
Passe de l'une à l'autre et retient la fortune.
Mais la balle d'argent, ô lutteur indompté,
Sera le digne prix de ton habileté;

Et le bruit du tambour , en publiant ta gloire,
Célébrera bientôt ton heureuse victoire ,
Alors que clôturant tous vos bruyants plaisirs ,
Ces prix , but de la lutte , objets de vos désirs ,
Aux applaudissements de votre ville entière ,
Vous seront décernés tour-à-tour par le maire.

La fatigue me gagne et de plus il est tard.
Irai-je au bal champêtre , au beau concert Muzard ?
Au théâtre , à Chambord ? irai-je à la redoute ?—
Il n'est , comme tu vois , que le choix qui me coûte.
Danser !!.. je n'aime plus comme j'aimais jadis ,
Et l'on rit trop souvent d'un polkeur cheveux gris ;
J'abdique. —Je préfère aller voir le théâtre ,
Certain d'y rencontrer une foule idolâtre ,
Et d'y jouir en paix d'un plaisir de mon goût.
Mais comment arriver ? comment entrer ? par où ?...
Impossible...—La foule est tellement serrée
Devant le vestibule , à la porte d'entrée ,
Que j'allais au logis revenir forcément ,
Quand je me sens frapper l'épaule doucement.
—Venez , dit un ami , depuis long-temps je guette ,
Venez , nous entrerons par la porte secrète.
Et son bras dans le mien , il passe en un couloir ,
Arrive dans l'orchestre et là me fait asseoir.
O prodige , ô merveille , effet vraiment magique ,
Tu connais à Paris cet Opéra-Comique ,
Où l'or et les couleurs artistement jetés
Eblouissent le soir les regards enchantés ,

Quand du gaz enflammé la clarté régulière ,
A larges flots répand son torrent de lumière ;
Eh bien ! en ce moment , mon ami , je le vois.
Et s'il m'était donné d'applaudir une voix
Belle comme *Roger* ou comme *Anna* parfaite,
Je serais à Paris , l'erreur serait complète.
La critique et l'éloge en parleront , je sais...
Moi , de l'une et de l'autre évitant les excès ,
J'admire en amateur sa belle architecture ,
Ses loges , son rideau , son ciel et sa coupure ,
Enfin de son foyer la richesse et l'éclat
Et dis : un maître habile a fait ces travaux-là.

Minuit sonne... gaîment je gagne ma retraite
Et je clos mon récit sur Gayant et sa fête.
Adieu...—Puisse mon vers fidèle en cet écrit
Te plaire et recréer un moment ton esprit.
A l'an prochain , qui sait ? mon bon Jules, peut-être !!..
Ces jeux bruyants du Nord tu voudras les connaître.
Et les chemins de fer me donnent cet espoir ,
On s'embarque à midi , l'on arrive le soir.

A. BOUILLON.

FIN.

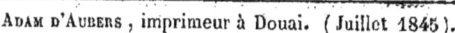

ADAM D'AUBERS , imprimeur à Douai. (Juillet 1845).

www.ingramcontent.com/pod-product-compliance
Lightning Source LLC
Chambersburg PA
CBHW061420170626
46811CB00005B/2054